秋の一日

Aki-no-Ichinichi

沢口芙美歌集

Fumi Sawaguchi

現代短歌社

目次

秋の一日

I

二〇一一年

日々の移ろひ

右の目の白濁極まり本よむも書くも薄暮に手探りすること

焦点の合はぬ思ひは春霞かすむ目のせゐのみにはあらず

八千名がまだ行方不明　海に瓦礫に三ヶ月《みつき》を埋もれ哭く魂よ

どう書くも被災者の悲に及ばざり波に呑まれしを胸つまり聞く

放射能の影響なしとメモつきて福島県産米の届けり

ビンラディン殺害

ひっそりと消えてほしかりしビンラディン永遠《とは》にアメリカの失態として

アメリカの御都合ならば土足にて世界のどこにも踏み込めるらし

大国の「意志」の怖さや　全地球に網かけるごとき息苦しさや

ビンラディンの水葬されしアラビア海　米艦隊の航《ゆ》くとき荒れむ

五月十二日　右目白内障手術

幾たびか点眼をして物なべて花火のごとくはじけて見えく

怖ければ目を閉ぢたきに其はならず見開ける目に針が近づく

絶え間なく目に薬液のふりくるが見えゐてやがて真つ暗となる

人のため働くこともせざりしと瞳《め》を砕かれつつ来し方おもふ

身は湖に沈むと詠みし若き斎藤史《ふみ》　目つむればゆらゆら湖底のごとし

読みをれば刺しくる痛みまたもあり右の目閉ぢて風を聞かむよ

手術後は世界が明るく見えるとぞ人みな言へど我はさもなし

題詠「鍵または隙間」

「部屋の鍵、いつでもおいで」と渡されて汗ばみたりし夏のてのひら

出口にてまた慌てたり平たくて紛れがちなる傘立ての鍵

キーケースに去年より一つ増えたるは悲哀を誘ふ娘《こ》の家の鍵

思ひ出すことはあるまいあの部屋も人も　橋より鍵はふり投ぐ

戸の隙間にメモはさみあり「お宅様に神の御言葉お伝へしたく」

題詠「庭」と「やく」を一首に詠みこむ

じやくやくの言葉おもへば朝日さす庭に鳴きつつ雀ら飛びかふ

葉に縋りやくめ終へたる蟬殻の飴色よ庭の夏の名残りに

やくたいもなく梅の木の庭に伸び「切らぬ馬鹿」とふ言葉身に沁む

庭師きて手早く草をぬきたれば秋風に添ふじふやくもなし

やくどしといふ年齢もとうに過ぎ星宿移るを庭に仰ぎぬ

この世の外へ

軽々とゆきしは昔　三〇〇〇の高度をわが脚なだめつつ登る

ポツポツと来てたちまちの大降りなり雫しながら岩場越えたり

雨はれて虹のかかれる向かうにはうすらに透けて剣岳見ゆ

虹の先やはらに宙へ刺し入りてこの世の外へ導くごとし

「わたくしが死ぬ日」とふとも口吐きて着慣れし袷のやうな親しさ

このコース歩くは二度目共にゆきし友は世になし虹消ゆるごと

うつむきて咲くイワカガミ友と行きし剣岳《つるぎ》針木岳《はりのき》忘れがたしよ

岩陰にチシマギキョウの群咲けり日の差せば紫みづみづとして

ふたたびは歩くなからむ山の嶺アキノキリンソウ目に残しおく

もうもうと噴き出す硫気　地獄谷の危険地帯を足引きて越ゆ

室堂に降りきて湧き水掬ひ飲むゴクゴクゴクゴクと神の真清水

須磨　敦盛

一の谷、二の谷、向かうに三の谷、展望室より陰れるが見ゆ

勢ひて白旗そこを下りしか緑濃き一の谷が見えゐて

湿る砂　足に重たく踏みゆけり　波がしづかに誘ふ水際へ

繫留のボートにふらりと飛びのりて船底を打つ波の音きく

夜のボートに寝ころびをれば星いくつ見えてはるけし宇宙の渚

波の上にたゆたふいのち　古歌おもひ怱忙の身をほどきてゐたり

滅びゆく平家のあはれを奏でける琵琶の音《ね》ならめこの波の音

朝波を切りてボートの出でてゆく昨夜のわれの感傷すてて

須磨寺へつづく「智慧の道」ゆけば仏具屋餅屋漢方薬店

敦盛の首洗ひける池といふ睡蓮のつぼみふつくらと浮く

澄む水に緋色の金魚すずしかり血に濁りける謂れ伝へて

敦盛の遺愛の太笛黒ずめり主の無念にじむその色

敵将の身にも沁みゐる音《ね》を奏で二月の浜の若き公達

その後は音《ね》を立つるなきこの笛に触れにし若き唇おもふ

帰りきて謡ふ謡曲「敦盛」に戦に散りし若き男《を》顕たす

書きなづむ

農園にゆらりと皇帝ダリア咲き空の青さを引き立ててをり

皇帝ダリア花やさしけれその幹の青竹に紛ふ太さと硬さ

里芋の大葉にたつぷり陽の溜まりそのたつぷりを風がこぼせり

かるがると畑のみどりを飛びゆく蝶　喪ひしわが言葉もち来よ

陽はあまねく冬菜あをあを育つ畑此処にもセシウム降りてをるらむ

年賀状書きなづめりと友の言ふ「おめでたう」とはとても今年は

*

審査山とはどんな山　ひらがなの駅名見つつ新狭山過ぐ

一ケ月《ひとつき》後通れば洋品店閉ぢてうさぎ専門店「空とぶ兎」に

II

二〇一二年

傘ならば赤

雪の日の傘ならば赤　ふりしきる中をキリリと過ぎゆくが見ゆ

雪つもるビニール傘にゆく人の海にただよふ水母にも似る

まだ咲かぬ今年の梅に白きはなたつぷり咲かせ雪ふりやまず

雪やみて空明るめり　霏霏と降るひひがにあふ午前であつた

潮汁になりしが無念とまつ白の鯛の目玉が流しに光る

何を怒りゐるや電車にこの昼を中年の女わめきやまずも

水際

雨季に消え乾季となれば現るる川の中洲は国に属さず

タイ、ラオス、ミャンマーが接する川の中洲ひそかに麻薬の取引されき

黄金《きん》をもて麻薬の取引せし中洲ゴールデントライアングルと言ふ

草おほふ中洲を見たり流れやや其処にたゆたふをボートに行きて

両岸に賭博場建ち赤き屋根黄の屋根しきりに人を誘ふ

水際は妖しきところ麻薬、金、食糧、欲が国を越えてゆく

賭博場にゆきて大金蕩尽する遊びもよけれ　雲わらひをり

冬の川原

この庭の南天の葉にはじけ降る霰見てゐき一周忌には

草枯れてさみしき冬の川原に胡桃の木のみ健気に立てり

胡桃の木変はらないネと声かくれば枝に鴉が嗚呼と応ふる

葦群に水なごみける川縁はコンクリートに固められにき

対岸へ川に並べる堰の石つぎつぎ踏みて川中に出づ

川中の低き位置より見やりたり水流れくる先の山脈

母逝きて十三年か　川に手を浸せば指間をぬけてゆく水

冬の水意外に温しさらさらと過ぎゆくものに手をまかせつつ

母の声録音したるＣＤを送りきたれど聞かぬままなり

甘き香の部屋に充ちたり兄嫁が切りてくれたる実家《さと》の水仙

時満ちて

のびのびと枝を張りたる梅の木の時満ちて花の隈なくにほふ

遅く咲く今年の花ゆゑ数も香も生命あふるる勢ひのあり

この梅の花の下にて泣きし日あり密かな願ひ捨てきれぬ頃

われの悲を知る梅の木よ　目白、鶫、花によらせてふところ深し

蜜吸ひて充ちしや鶫の鳴く声のやはらか　春の空に融けゆく

区界峠

死者一万六千人弱行方不明まだ三千人余　震災後一年

頭《づ》を並べ餓死したる牛　羽根みだれ散らばる死の鶏《とり》　われらが為《せ》し事

古稀なりの支援をせむと友行けり仮設所の人らの体操指導に

ああ岩手の匂ひがすると一ノ関過ぎたるころに友のつぶやく

被災地の宮古へ行かむと区界峠《くざかひ》越ゆる特急バスに身を置く

カタクリの大ぶりの花群れて咲く去年津波を被りし斜面

客降ろしし直後に地震起きたれば沖へ避難をせりきと語る

行方不明者いづこに沈むけふ凪ぎて青く澄めるを船より見つむ

防潮堤津波に毀れ海面に突きだす残骸　海猫がとぶ

コンクリートの電柱グニャと半ばより折れしまま立つ　津波後一年

*

地の中にいかほど沁みしかこの春の筍セシウムまとひて出づる

カプセルに入るる手紙を書きし頃二十一世紀に希望見てゐき

煉瓦色のセーター

その色が好きと言へばすぐ脱ぎて着せてくれたり煉瓦色のセーター

ふんはりとわが身をつつむ大ぶりのセーター今も忘れぬ温さ

屈託のなき付き合ひの懐かしさ詩を書く君と卒業後会はず

今も詩を書きてゐるとぞ会ひたしと思ひつつ　けふ君の訃を聞く

青嵐に身を揉む欅　会はぬままつひに彼岸に去りたり君は

ああ　あれは前世のことか煉瓦色の君のセーター着て街ゆきしは

暑熱の日々に

丈高く生ひ繁りたる土手の草　踏み入りたれば虫すだくなり

繁る葉に暑苦しさうな胡桃の木　わたしヨと言へど葉も動かさず

浅き瀬に魚掬はむと網をもち母と子いちづに水のぞきをり

ペットボトル沈めておけば小魚の捕るると少年教へくれたり

ひさびさに仏間の父母に手を合はす恙なければ何告ぐるなく

挨拶に顔を出すのみ職いまだなき甥ふたり二階にこもる

足元の危ふくなりたる兄の手を引きて歩めり父母の墓まで

題詠「波」と「ひる」を一首に詠みこむ

寄せる波ひく波しづかな七尾湾航路を示す旗ひるがへる

寄せきては砂に吸はるる波のおと浜昼顔がほつとりと咲く

波の音ききつつヒルティ『幸福論』読みき若き日海辺に宿りて

電波塔下町に昼をくすみ立つ昨夜のきらめき恥らへるがに

波のやうにピアノの音のつつみくるヒルズのホールにポリーニを聴く

ヒルティを今読むならば『眠られぬ夜のために』年波重ねてわれは

彼岸花

彼岸花つねより十日おそく咲く庭隅あかくかがやく二十

ひがんばな避難区域にあでやかに咲きそろふとも狐も来るなし

口下手の男がつひに語るごとボツリボツリと大粒の雨

白花の盛花が隣家に入りゆくを不可解と見つ夕刊とる時

朝のゴミ出しにゆく人と挨拶をしたるは一昨日《をととひ》なにごとありしか

隣家の灯いまだ消えざり亡骸となりたる主と塀へだて寝る

彼岸花過ぎて秋の日　未亡人と不意になりたり隣家の人は

秋の日京都または杖

グリップに蛇のかたちや髑髏あり杖専門店に並ぶさまざま

老いの身を飾るひとつか総柄の花模様の杖握りてみたり

雨傘を杖にし縋りたつ父の老い極まれる姿わすれず

ちちのみの父と連れだつまぼろしに新京極のにぎはひをゆく

亡き友を語ると会ひに来し人の白杖つけば肩を貸しにき

たはむれに白杖つきて道わたるアランドロンは車止めさせ
映画「太陽がいっぱい」

手術せし右脚痛み眠れぬといふ人がつく花柄の杖

まづ杖を下につけども一段をおりかねてをりこの老人は

杖ホルダー役所や駅のトイレに付く杖もつ人の多き世となる

いづれ持つ日がわれに来む杖をつく人のうしろを追ひ越さずゆく

「スミマセン」と言へば「かんにん」と返されぬ夜の烏丸六角通

輪の狭まる

音たてて落葉輪をなし走りをりバス停に見る風のすさびを

空間のいづこと見えね風の熄むところ渦まき落葉しづまる

ゲケツ、ゲケツとかしましかりし昭和の末おもひいづ夫の下血入院

風が追ふ落ち葉のなせる輪の狭まるいつしか狭まりゐるぞ我が生

空をゆく一群の鳥ビルの背に消えしが向きを変へてあらはる

迷ふごと描くごと空をくねりとぶ鳥群六階の病棟に見つ

街路にはゆふべを帰る人ら増え空にはいづこへ帰るか鳥群

チンパンジーも憂鬱になることがある魚も空を飛ぶことがある

晩三吉のつゆけき喰へば不器用な人にやさしさあるごとき味

悼・成瀬有

柩なる年下の君に別れきぬそくそくとして死はわが傍

Ⅲ

二〇一三年

蛇を喰ふ

蛇屋ありぬ渋谷駅まへ川のそば瓶に白蛇立ちてゐたりき

無数の蛇うごめく窟に立つわれの手に白蛇ののぼりくる夢

白蛇のわが手にのぼるがふしぎなり十八歳上京直前の夢

焙りて喰へば精がつくとぞ干す蛇を売りゐき山の温泉旅館

口かるく開けて乾ぶる蛇みればふと買ひてをりいかなる味かと

買ひしまま厨に乾ぶる蛇を置くあした夕べに何気なく見て

いつ喰ふや　わがためらひを見透かしてイヴそそのかすごとく蛇いふ

喰つてやる巳年がくれば　舌ちろり出す蛇の頭《づ》を指にはじけり

打ち直す布団にふはりと身をしづむ六たび巳年を迎ふるわれか

花の散る午後

平成はわが干支《えと》巳年にはじまりぬ三巡りとなる今年の巳年

くろぐろと幹太きゆゑ桜花そのうすべにの軽やかに映ゆ

去年逝きしわが歌人よ咲きくらむさくらにサンチョ・パンサ浮かびて

「沼空百歌輪講」なせど仕事遂げし一世とおもはず死の口惜しき

限りある命ぞおまへは何を成す重《かさ》なる花のなかより声す

裡ふかく心うごくに出でてこぬ言葉よ心を載せたる言葉

「もういい」と呟き逝きしダイアナ妃　まだ死ねざるは左右《さう》見て渡る

政商の政の冥さをにほはせてロシア人ベレゾフスキー死の記事

悔しさを持て余しつつ石のかげ一株咲けるすみれにかがむ

昨夜の逢ひ反芻しつつ長襦袢の衿を掛け替ふ花の散る午後

縫ひながら伯母の言葉を思ひだす「針目こまかきは貰ひ少なし」

むつき縫ふわが手つたなきを姑は目に笑ひにき初産の頃

嫁ぐ娘《こ》に浴衣の縫ひ方仕込まむと母はしたれど学ばずわれは

縫ひゆくは心の舟をこぐに似て母、姑、伯母らになつかしくあふ

乗り換への駅の地下道あるきつつ湧くかなしさは　告ぐるべくなし

運河の町にて

道沿ひに国々の旗がなびき立つハーグ国際見本市会場

緑地《みどりぢ》に赤丸はどこの国旗ならむ草原に照る太陽おもはす

木々の間ゆトラム走り来レールの間に草やたんぽぽ自在に生ひて

「たんぽぽをあげる」は絶交の意味といふ草地に明るくたんぽぽあまた

郊外に古き風車の廻りゐてその先に風力発電塔たつ

風向きに羽根合はせつつ風車小屋に住むとふ簡素なベッドをのぞく

舟のゆく運河の脇を歩みたりレンブラントの家を訪はむと

レンブラントの線描の様をデッサンに見たり据ゑつけの虫眼鏡にて

一本一本髪の毛を描く細かさにレンブラントの陰翳生ると

広場にて白髪の男が一束のすずらん買へり五月一日

形象とみなしてゴッホの描きたる漢字はそこそこの格好をなす

八重桜ほつこりと色の濃く咲けりゴッホ美術館脇の幾本

黒木御所跡

頭《づ》を垂れて祝詞聞きゐる鶯山荘にうぐひすの鳴くふた声み声

見下ろせる海辺の砂地細く尽きその先に小さき「二つ亀」の島

「黒木御所跡」石碑に蔦の斜《はす》に這ひ葉はほつほつと涙のごとし

樹木の香ムッと籠もりて御所跡になほ生々し院の怨念

順徳院が朝夕に祈りしと言ふ

怨念のなほ残れるや聖観音寄木造りのかすかに黒ずむ

魚ねらふ鷗と波をきくわれと消波ブロック隔て向きあふ

神々の国、出雲

くり、うつぎ、木々の花咲く六月の妙にあかるき黄泉比良坂《よもつひらさか》

はじめより在りしか此処に運びしか立つ大石《いは》に据る大石《いは》

黄泉の口塞ぎし千引石《ちびきいは》に触れつ妻の怒りを断ちしイザナギ

千引石の隙よりのぞけばその先の黄泉は木漏れ日さしてゐる森

黄泉へゆきし人を偲ぶや千引石に手向けられたる花束あたらし

ひしめきて立つ幣みれば白木なるこの小社《こやしろ》に霊威ただよふ

幣たむけ何を願ひぬひつしりと紙垂《しで》にしたたる願念怖し

妻籠みに八重垣つくると詠みにけるスサノオ若く清しき神顕つ

弧をなせる稲佐の浜に神迎への巌《いは》ひとつ立つ意志のごとくに

遠ひかる海境《うなさか》見やり太古より浜に寄りこしもの思ひたり

寄りくるは容《い》るるほかなく神と呼び巌ひとつ立つ波に洗はれ

潮の香のしるき稲佐の砂浜に流木、死ぬ河豚けふは寄るなり

雲重き稲佐の浜に立つわれに神ならずいま降《お》りくるは雨

万《まん》九《く》千社《せんしや》の人影もなき神域に神々ささめく日を思ひたり

会ふよりも別れの儀式が大切ぞ万九千社の「神等去出《からさで》」の宴

スサノオの息吹か過ぐる青々とそだつ出雲の稲をなびけて

心したたる

目の前に霞沢岳、六百山そそるを西穂高《にしほ》の小屋より見つむ

夕霧のかかりて視界消えたれば小屋に入る明日の天気を願ひ

ひと方の空明るむを希望とし霧のなか登りぬ円山までは

這松のしたに雨滴のごと咲けるリンネソウは淡き桃色

岩梨の小さき実食めり酸つぱさに口ゆがみやがて爽やかとなる

雨のなか下りくる仲間に会ひたれば仕方なしわれらも登頂あきらむ

降り強き雨は傾斜の山道に瀬をなし流れ　そを踏み下る

帽子より雨のしたたり心またしたしたたる夏の潰えし夢に

気落ちして下る心の虚しさを受けとめよ竜胆その紫に

園原の帚木

日本武尊、金売吉次も歩みける東山道の園原をゆく

山に添ひ登り路うねうね　古代より人ら苦しみし神坂《みさか》峠路

踏み入れば木立お暗く散りぼへる落葉にかつがつ見ゆる細道

いにしへより詠まれし帚木なるはこれ　鋭く裂けて根元のみ在る

残りたる根元に在りし帚木をおもへば大樹そそりたちくる

数ならぬ伏屋に生ふる名のうさにあるにもあらず消ゆる帚木「源氏物語」

近づけばあるにもあらずと詠まれしが台風にまこと消えし帚木

詠まれにし歌の数々こもれるや鬱然とせる根元に触れつ

捕らはれて飼はるる白蛇　山の霊威知りしその身をぬらりと横たふ

Ⅳ

二〇一四年

心臓ともりて

川のごと人流るるにわが前にふいに娘《こ》がをり地下コンコース

病院の帰りと言へり身籠もれど不調なるらし目に涙溜む

うち沈みここまで来しかおもはずも娘《こ》の肩をだく言葉つまりて

昼前のくだり電車に人すくなし明るき空を呆とみてゆく

海よりもあをき冬空ひれふりて魚が泳ぎてゐるかとおもふ

ひらひらと泳ぐ魚よ小さくも心臓ポツリとともりてをらむ

受精せる卵子に心臓ともるなし生命とならぬものをかなしむ

悲しめるむすめの心温めむおでん作りて訪れをまつ

親の知らぬ涙いくたび流せるや明るき顔してむすめは来たり

夫は黙し手術承諾書にサインせり冬の冷気の身にせまる部屋

近所の十軒

どの家も木々のみどりが塀を越ゆ三十六年経たる十軒

七軒に小学生をり列なして登校したりき路地に声満ち

介護用の浴槽車止まるをたびたび見つ　今宵の通夜にうち揃ひゆく

父母逝きて独り住む息子中年が門にペンキをけふは塗りをり

逝きたりと噂に聞くのみひつそりと家閉ぢて二年庭木枯れくる

ガルーダ

僧の焚く香の薫ればヒマラヤの山奥の寺ふとよみがへる

うすぐらき部屋に香沁み金箔の仏像のみがにぶくひかりゐき

特別の拝観料にて厨子のなかに見し怪《け》しきものすでに覚えず

経記す布旗五色を連ねたるタルチョー、ヒマラヤの風にゆれゐむ

橋や寺、家々にタルチョーめぐらして仏の加護乞ふ注連縄に似て

ヒマラヤの寒素な村にタルチョーのみ色ありて人の気配示しき

原子力の火を使ふ世にヤクの糞干して燃料とする人ら生く

日向水に黒髪ひそと洗ひゐる女を見たり街道ぞひに

あをじろく氷河ひろがる脇をゆくケルンひそやかに立つところ過ぎ

ヒマラヤのさらに奥地に行きたしと脚力《あし》疑はず八年前は

雪山の奥へ奥へと歩み入り行方知れずになるも憧れ

雪山の奥にそばだつエヴェレスト限りなく挑みを誘ふ気高さ

法要の経をきく間にわが心ガルーダに乗りてヒマラヤさまよふ

＊

ガルーダは迦楼羅《かるら》と呼ばれその霊威かるがると宙とぶ天狗となりて
かろやかなその名に魅かれ会ひにゆく興福寺に居る迦楼羅の像に

引き込み線

ひろびろと車輛区ありて出を待てる黄色、銀色の電車四連

ひつそりと引き込み線が蜘蛛手なす昼の軌条のにぶくひかりて

わが胸の引き込み線をふとおもふ青春の未熟に還る一本

もう会へぬ先生なれどこの駅に降りれば懐かしその路地なども

この駅に待ち合はせし友ふたり既に亡し　ああ幾年たちしか

歌を詠む姿勢を先生に糺されつ駅の人群抜けてにれがむ

踏切の向かうに溜まる人らのなか亡き人の影混じりてゐずや

帰宅すれば自転車の籠に柿りんご　濡れ縁に大根　どなたか下さる

よべの風に散りたる落葉はきよせて塵取に盛る錦の秋を

いつか弾かむと思ひしままに置くピアノ売り払ひたり　夢ひとつ閉づ

娘《こ》ら弾きし音符が跳ねてをらざるやピアノ抜けたる床の空間

ふたたび命を

連絡の電話をゆふべ入れたといふ小高賢の訃にわが驚けば

明快な論を書きつぎおよそ死にもつとも遠き君の有り様

通夜の儀に香たむけれど嘘のごとし小高氏と死がまだ重ならず

降りつのり天もかなしむ雪のなか君の柩の出でてゆくなり

「死はやすし」と洩らす心地の老いの日々おもへば君に似合はざりしか

不審死という最期あり引きだしを改めらるる焉りはかなし　小高賢

なんといふ歌を詠みしか己の死予期するごとき焉りのかなし

ビル壁にはだか木の影濃くうつり地震《なゐ》あらばかく亀裂はしらむ

いつしかにめぐりさみしき冬の原　藤井常世なし小高賢なし

雪折れの馬酔木の枝を地に挿しぬ根づきてふたたび命を得よと

薔薇の時間

五月には薔薇がうつくし見にこよと忙しきわれをいざなふ電話

若葉なす大き欅がゆつたりと空を掃く　ああここは武蔵野

けふの風に散りたる花びら掃きをりと庭より顔をだす薔薇婦人

ベランダへ這ひのぼりたる蔓性は木香薔薇にスノーグースの白

こんもりと花びらかさなる臙脂色「ウイリアム・シェイクスピア2000」

花びらは何枚かしら　百枚はあると臙脂色の薔薇をいふ友

「ウィリアム・モリス」はほのかなくれなゐに咲く花白昼に夢を見るかに

オールド・ローズ這へるアーチの奥に坐す庭にみちたる薔薇の香のなか

芽を出せる二月の蕾を傷つけぬやうに指もて虫を除くと

虫とりの二月の苦労は咲く花をおもひて耐ふと　薔薇は子なれば

子の無くて薔薇育つるに精出ししわが友フランスに永く住みゐて

見てきたる薔薇を心に咲かせつつ花のわが午後ゆふべに移る

黒革張りの机

地下駅より地上に出づれば灼熱の舗装路　六月一日名古屋

さくら木の陰より陰へ陽を避けゆく　影を慕ひてなどとうそぶき

企画展「春日井建の世界」

春日井建の黒革張りの大机ひっそりと在り主なき十年

夜のランプ灯して坐せば黒革のしづみに心落ち着きしとふ

合成樹脂の仮面が机《き》にあり建の想《さう》さそひけむベニスのカーニバルなど

晩年の歌の数々この机《き》にて書かれしや黒革やはらかきを撫づ

黒革の机は建の聖宇宙きらめく銀河もそこに顕ちけむ

生原稿しばらく見つむその歌にかよふ端正な文字のすがしさ

「若き定家」と建を讃へし三島由紀夫　その生原稿ペン書きの文字

建を交へし座談会にわが言ひし安易の言葉をいまも恥ぢをり

かぐはしき建の声神は妬みしか喉病みて逝きぬ　テープにその声

兄のスペアにもなりえぬと年子なる弟郁氏はにかみて言ふ

我満

表札は「我満」とありぬ我慢とは違ふと思ひつつ目をとどむ

横向きに止まるからすの黒一色に目のみ光れり油断はあらず

嘴のふとぶととして正面より見ればからすの顔の小ささ

顔の二倍はあると太きくちばしを見たりまことに嘴太鴉

この世の役目

春の日に土筆のごとく揃ひたちし同級生の訃を聞くゆふべ

学卒へて迷はずシスターになりし友隠れ切支丹の末裔にして

ミサをなす神父も手伝ふ少年も友の親戚　信篤き族

心沁みて聞けりこの世の役目をへ帰天すと友を讃へて言ふを

学校長、幼稚園長じゅんじゅんにこの世の役目を果たしし一世

生真面目が服着たやうなこの友と寄宿すはるかな高校時代

ひさびさに視界ひらけるやうに聞く「生まれこしこの世の役目」といふを

われには何この世の役目　ただ狭く己に執し生ききたるのみ

聖堂に声満ちわれら歌ひたり友の好みし「いのちの理由」を

作詞作曲　さだまさし

悪も俗もおもしろと言へば笑ふだらう友の清らな顔に花添ふ

中村紘子ピアノ演奏会

「曲を変へます」言ひてショパンの「葬送」を弾きだすわれの心知るかに

野の道をしづしづと棺のゆくが見え「葬送」の曲を目つむりて聴く

向き向きに挿すひまはりを描く絵の「何処を向いて生きる」と題す

電線に止まる五、六羽つぎにまた、また、と加はり二十羽ほどに

すつと一羽飛びたちわが家を越えてゆく　間をおき五、六羽さらに五、六羽

二十羽ほど止まりし鳥の今はなし電線一筋ゆふぐれてくる

気がつけば電線にまた十羽ほど空の駅らしかの鳥たちに

秋の一日——「昭和天皇実録」閲覧

デング熱が怖い
濠と木々の内なる宮内庁書陵部の入口にくゆる蚊取り線香

「昭和天皇実録」閲覧
まづ取るは昭和十六年の巻わが生まれそして開戦の年

宣戦布告の案文は十一月末に成るつくづくと読むその全文を

十二月七日、八日

日米の時間差のなか日本側、米側、動きの急に　息呑む

平和求むる大統領の親電は八日未明に天皇に渡らず

昭和二十年　実録に知る

朝鮮より来たりし参謀李鍝公の原爆に死すは世に語られず

ポツダム宣言を撤回させむと十五日未明クーデターありしと記す

宣言を受諾せるのち朝鮮の処遇はいかにと呟かれしとぞ

五十分ごとに入れ換へ。四回入退室をくり返した。

閲覧の五十分終れば部屋を出る渦巻く歴史より身を抜きて

芝生には人ら憩へり七十年前近衛兵ゐてクーデターありし地

修那羅峠

蕎麦の花咲きのこりたる田の脇のゆるき登りを修那羅峠へ

安宮神社に人の影なく秋明菊しろじろと咲く秋の日澄みて

その数八六〇体とも

神殿の廊をくぐりて山に入る石仏あまた祀れる傾り

山土になかば埋もれる小石仏《こせきぶつ》まつりし人も世に在らざらむ

願掛けの「おこし」が堂に幾枚も　子授け、安産、婦人病平癒

腰巻にこもる願ひの切実は赤、白あざやぐ色に滲めり

なまなましく堂にこもれる念願を怖れて友は近づくとせず

思はずも膝つきて見るほつこりと農の顔せるこの石仏に

願叶ひし人らが背負ひこし石仏小振りの姿に背の温みあり

貸しし金戻らねば困る〈催促金神〉祀る心の直接にして

団扇もつ気分は如何に〈左ウチワ神〉を納めし笑み顔浮かぶ

ささやくは神の寿詞か呪詛なるか〈ささやき大明神〉真顔に立てり

大明神何をささやく少なくもいま木漏れ日が、風が、ささやく

〈クワバラ童子〉雷除けに祀りけむ桑の枝《え》ならめ手に持ちたるは

所狭《せ》に並ぶ石仏の負ふ願ひすなはち民の暮らしの苦にして

われも信濃の願人の姥と詠むまでの斎藤史の苦しみおもふ

〈二人童子〉の愛らしき顔石仏にことにも多し子育て地蔵

冠着山《かむりきやま》とほく望みぬ子に抱かれ骨となりし史の越えゆきし山

遠し舞鶴

ふいの電話におもひがけなき訃を聞けり西村尚きのふ逝きしと

歌の出来はともかくご息女お大事に　娘《こ》を詠むわれに葉書くれにき

「ご息女」のゆかしき言葉に涙しぬ西村尚の達筆の文

冬の夜を遺書を前にしうなだれゐき高瀬隆和、西村尚と

岸上の死の悲しみを知る人ゆゑ　この世にはまだ居てほしかつた

雲ひとつなき瑠璃紺のけふの空いま一度会ひたし西村尚に

舞鶴を一度は訪はむと思ひつつ君逝きてさらに遠し舞鶴

喪中のたより

点滅する留守電とれば兄逝くと告ぐるわづか三十分前

退院の声聞きたるは一ケ月《ひとつき》まへ安堵の心は不意打ちくらふ

名を呼びてベッドに寄れば冷え冷えと常より鼻梁高き兄なる

誤嚥にて命果てたる幾人を思ひぬ胃瘻を拒みて兄も

はらからと写る写真に兄はまだ元気　二ヶ月前の旧盆

シャボンつけていねいに遺体を洗ひゆく若き女ら仕事にあれば

身の弱き兄ををりふし案じしが子ら泣くみれば良き父なりしか

息絶えし座敷にて湯灌納棺する三日を庭の松は見てゐつ

うつし身がこの世にあるは最後の夜　柩の兄を幾度か見る

足の骨みどりに染まり身は深く服《の》みし薬に蝕まれけむ

父送りし同じ焼き場に兄をおくる彼岸にふたりは必ず会はむ

親しき人つぎつぎ逝きし一ケ月《ひとつき》の悲しむ間なきわれをかなしむ

年賀状呑まむと更にも赤きポスト喪中の葉書はいづこに入れむ

黒き桃核

いつ来ても奈良はいにしへ匂ひたつ三笠山はけふ陰れども

「大古事記展」奈良県立美術館

一括の桃核黒きが展示さる古墳より出でし三世紀のもの

千七百年土中にあれど桃核に筋、穴残るこの堅き核

イザナギが投げて難を逃れける桃の実おもほゆ桃核見つつ

伝伊耶那岐命坐像

目や鼻より神産みしイザナギと思へざりまともな人間《ひと》の顔なる像は

ガガイモの舟に乗り来しスクナビコナ掌《て》にのるほどのあいらしき神

タニグクにクエビコ出づるスクナビコナ「古事記」のくだり童話のごとし

父神の指間より洩れしスクナビコナ国造りにいかなる働きせしや

クエビコと低く呼べば田の中の一本足がハイと応ふ

ばうばうに薄伸びたち朱雀門も見えず過ぎゆく平城宮跡

兄の忌にきのふ大阪けふ水戸に用あり師走を走るわれかも

わが為にポインセチアを抱へくる友はその花に顔明るみて

V

二〇一五年

新年のあも

注連飾り家々に違ふを見てあゆむ二年つづきの喪中のわれは

戌年に犬連れもゐし初詣ことし犬見ずまして羊は

餅はあも豆腐はおかべと女房言葉ゆかしく食ぶる新年のあも

ふくらかな黄の大輪のバラの束喪中を気づかふ人より賜る

歌にせむ拾ひて机に置きしまま巌流島の松毬ひとつ

背守り

いくたびか電車に過ぎし飯能に雛をかざると聞けば訪ひゆく

家々にかざる雛を見てあゆむ飯能の銀座商店街に

石屋には石にて造る雛のありなにがな菩薩に似たる面立ち

石硬く彫るにむつかしと石屋の言ふ顔細やかに彫りだされゐて

ほのかなる温みが石の頬に添ひあどけなく内裏の石雛並ぶ

いかに子ら喜びにけむ大ぶりの裃雛の抱き擦れてをり

向きむきにつながる赤きさる*ぼぼの踊れるごとしつるし飾りに

飛驒高山の郷土人形

柳川に見しさげ*もんを思ひいづ川端の小屋にて水に映えるを

つるし雛の柳川の方言

年ごとに雛見てあるくわが始め雛無し戦の年に生まれて

雛のごとき女童ふたり育てたり昨日のごとけれ四十年経つ

背縫ひなき産着の背に標つけ魔除けとなしぬ「背守り」と言ふ

展示さるる産着の背守り、花、熨斗目、亀、「福」の字と意匠さまざま

女児は右、男児は左へ縫ひおろす針目うつくし糸の背守り

わが家でも
新しく縫ふ布はまづ神棚へ「着物祝ひ」を祖母はしてゐき

手仕事に残る温みよていねいに生きし暮らしの濃くにじみゐて

陽のさせど風の冷たし飯能は山近き町首すくめ行く

六月の陽は

黒服の四、五人連れが白き花手にもつ夜の八時の電車

山頂の過酷を知れば命なからむキナバル山の大地震《なゐ》を聞く

人々の貧しさ行きて見てをればネパールの大地震《なゐ》に寄附をなしたり

うつすらとピンクをおぶるヒマラヤの塩の粒つぶ掌《て》にいとほしむ

益虫と害虫のあひだにたゞただの虫をりて最も数多しとぞ

夕方より雨ふりだすといふ予報　畑で誰かくしやみをしたり

海辺に二日

客降ろし港にゆつたり停泊す桃色の船、白色の船

今日の航路終はりたるらし甲板をホースもて人の洗へるが見ゆ

桃色の船は夜闇に沈みたり白きは闇にもくきやかに見ゆ

結末を知れば傷ましくおもひ読む昭和十六年の文明の歌

中国とは友好的にあるべきを　『韮菁集』を読みつつ思ふ

戦中より戦後に移る文明の歌の滑らかさが理解しがたく

世に向かふ心のかくも違へるか昭和二十一年茂吉と文明

黄のコーン一粒づつをつまみ食ふ思ひにふけりてをれば飽きずに

夜の闇にまぎれゐし船朝の陽を受けていきいきと船体かがやく

釣り人は余念なきかも朝五時にすでに岸壁に並びて竿もつ

前うしろの錨ひきあげ綱を解き出港に人らの動き忙しく

白き船出でて午前のしづかなる港にああと何鳥か鳴く

「万軍はこの日本より消滅す」昭和二十一年茂吉は詠みぬ

本読みて二日こもるが気掛かりらし鳩五、六羽がベランダに訪ふ

消波ブロックに当たりて白くたつ波のツツーと横に走りつつ消ゆ

香を焚く

亡き夫のために喪服を誂へる姉と語らふ実家《さと》の紋など

嫁ぐ娘《こ》に仕立てし喪服に付く紋の「違ひ鷹の羽」われは身にせず

去年のけふ共に寿司食みしわが兄の初盆に香焚く骨箱の前

姉は句をわれは挽歌を詠みけるがむなしきものよ兄甦らねば

二階より兄が下りてくる気配「よく来た」と声音さへもまざまざ

亡き父母の声なつかしむ「わがままはするな」と諫める父の声さへ

あとがき

歌集『秋の一日』は『やはらに黙を』に続く私の第六歌集で二〇一一年四月から二〇一五年八月迄の作品より四二五首を選び一冊としました。

この二〇一一年四月始めに私は古稀となりました。いよいよ古稀、と記念の旅行を予定していたのですが、その前月の三月十一日にあの東日本大震災が起き、東北の人々が大変な苦しみを受け、東京もまだ落ち着かない時に、祝の気分など消し飛んでしまいました。そう言えば、還暦をむかえる日も、あまり喜ばしくない事態が起きたことを思い出し、節目の年は危ないと思ったことでした。

ともかく、大震災直後の四月からの作品ですが、二〇一三年十一月から「現代短歌」誌に作品連載の機会をいただき、毎回二十首八回の連載となりました。

その作品を中心に、それ以前の作品を含めて一冊にしたものです。

せっかくの作品連載なので大きなテーマでと、以前から興味をもっていた「古事記」の出雲—大和朝廷と少し距離を保っていた出雲を詠んでみようと思ったのですが、とても一朝一夕で詠みきれるものではなく、「神々の国、出雲」と「黒き桃核」にその片鱗を残すのみとなりました。

この歌集は、その作品連載の機会をいただいた現代短歌社に出版をお願いしました。編集長の真野少氏、すてきな装丁をして下さった間村俊一氏に心よりお礼申し上げます。

いつも歌の研鑽に励みあっている「滄」の友人達にも感謝いたします。

二〇一九年七月二十日

沢口芙美

歌集　秋の一日

発行日　二〇一九年九月二十六日

著　者　沢口芙美

〒一七八―〇〇六一
東京都練馬区大泉学園町
四―二六―一一

定　価　本体二七〇〇円＋税

発行人　真野　少

発　行　現代短歌社
〒一七一―〇〇三一
東京都豊島区目白二―八―二
電話　〇三―六九〇三―一四〇〇

発　売　三本木書院
〒六〇二―〇八六二
京都市上京区河原町通丸太町上る
出水町二八四

装　丁　間村俊一

印　刷　日本ハイコム

製　本　新里製本所

gift10叢書 第22篇